INTERIM AGENCY

2- Permis de bosser

Scénario, dessins & couleurs
Swysen

BAMBOO ÉDITION

www.bamboo.fr

116, rue des Jonchères - BP 3
71012 CHARNAY-LÈS-MÂCON cedex
Tél. : 03 85 34 99 09 - Fax : 03 85 34 47 55
Site Web : www.bamboo.fr
E-mail : bamboo@bamboo.fr

PREMIÈRE ÉDITION
Dépôt légal : avril 2009
ISBN 978-2-35078-599-8

Imprimé en France
Printed in France by PPO Graphic, 91120 Palaiseau

SUIVANT !
MOI !
AVANT D'ACCEPTER UN JOB D'INTÉRIMAIRE, J'AIMERAIS SAVOIR OÙ JE METS LES PIEDS.
VOUS FONCTIONNEZ COMMENT ?
SIMPLE ! NOS DEUX COMMERCIAUX, ANTOINE ET JACKY, RAMÈNENT DES CONTRATS D'EMBAUCHE.
MA COLLÈGUE BETTY ET MOI, ANNETTE, LES CONSULTANTES, DONNONS CES CONTRATS AUX CANDIDATS INTÉRIMAIRES, QUI ONT ALORS UN JOB, UNE MISSION DE UN MOIS, DEUX MOIS, UN AN... SELON LES BESOINS DU CLIENT.
LE CLIENT PAYE L'AGENCE, QUI REVERSE LE SALAIRE AUX INTÉRIMAIRES... C'EST M. BRILLECOP, LE COMPTABLE, QUI S'EN CHARGE.
ET BIEN SÛR, NOUS AVONS UN DIRECTEUR D'AGENCE.
M. JACQUES, QUI...
MERCI, AU REVOIR !
?
!
ÇA ALORS ! T'AS VU ?
UNE NOUVELLE AGENCE D'INTÉRIM ?
ICI ?!
INTÉRI
SUIVANT !
!
45

MENUISIER !
VOUS TOMBEZ BIEN !
INFORMATICIEN !
VOUS TOMBEZ BIEN !
COIFFEUR !
VOUS TOMBEZ BIEN !
PLOMBIER !
VOUS TOMBEZ BIEN !
TOUBIB !
VOUS TOMBEZ BIEN !
ALORS, LES CANDIDATS INTÉRIMAIRES ?
ON LEUR A TOUS TROUVÉ UNE MISSION !
46

INTERIM
M... MAIS LE GOAL EST DE L'AUTRE CÔTÉ, PATATE !
QUEL CON !
TIRE DONC !
HOO... RHAA...
NON !
SONT VRAIMENT TROP NULS !
FAUT FAIRE QUELQUE CHOSE !
EXCUSEZ-NOUS, ON POURRAIT PAS S'OCCUPER UN PEU DE NOUS ?!
HEU... NOUS SOMMES LES INTÉRIMAIRES VENUS REMPLACER LES JOUEURS !
?

1
IL Y A LES CANDIDATS INTÉRIMAIRES QUI MENTENT SUR LEURS COMPÉTENCES...
INTERIM
...CEUX QUI SE DISENT PARFAITS POLYGLOTTES...
東
كَيْف
...IL Y A LES PROFONDÉMENT MALADROITS...
...LES INDÉCROTTABLES DISTRAITS...
J'ÉTAIS VENU FAIRE QUOI ENCORE ?
...CEUX QUI SONT TOUJOURS MALADES...
CHIPS
...CEUX QUI PRENNENT LEUR MISSION POUR UN STAGE DE DRAGUE...
...ET J'EN PASSE ET DES MEILLEURES !
VOUS RÉUNISSEZ À VOUS SEUL TOUTES CES "QUALITÉS" ! JE NE PUIS ÉVIDEMMENT PLUS VOUS CONFIER D'AUTRES MISSIONS !
TERIM
NON, J'AI PAS DE NOUVEL INTÉRIM...
PAR CONTRE, ILS DISENT QUE J'AI TOUTES LES QUALITÉS !
48

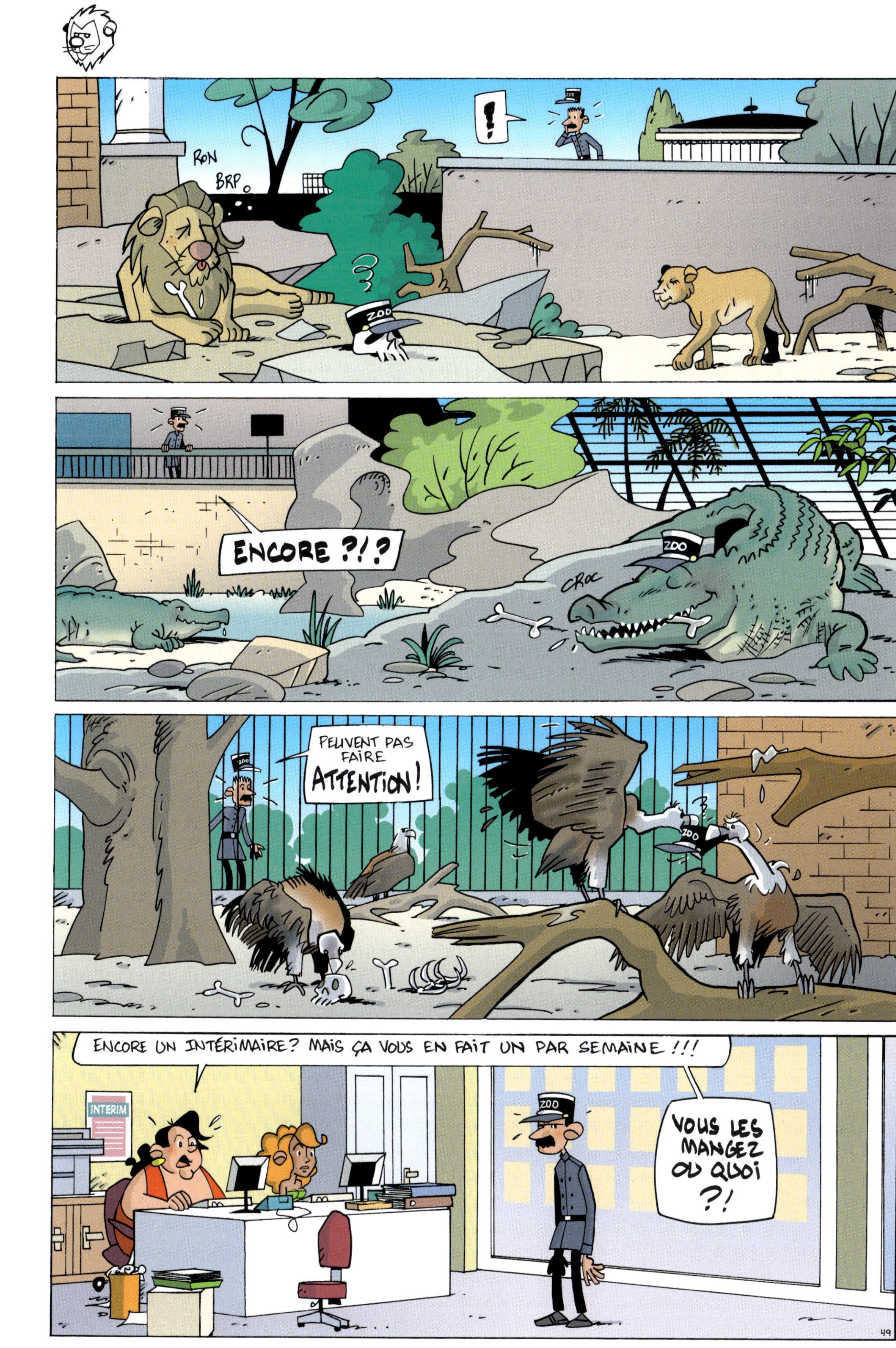
RON
BRP
!
ENCORE ?!?
CROC
PEUVENT PAS FAIRE ATTENTION !
ENCORE UN INTÉRIMAIRE ? MAIS ÇA VOUS EN FAIT UN PAR SEMAINE !!!
INTERIM
VOUS LES MANGEZ OU QUOI ?!
49

MARRE D'ÊTRE AU CHÔMEDU ! MARRE DU CHÔMAGE...
BEN OUI !
MARRE DE L'A.N.P.E ... C'EST PAS UNE VIE !
JE COMPRENDS !
ET POURQUOI TU N'IRAIS PAS VOIR DANS UNE AGENCE D'INTERIM ?
UNE QUOI ?
UNE AGENCE D'INTERIM ! ILS POURRONT T'AIDER.
AH BON ?!
BEN OUI !
INTERIM
AH BON ?
MARRE DES AGENCES D'INTERIM ! C'EST COMME L'A.N.P.E !
AH BON ?
ILS VEULENT ME FAIRE BOSSER !
JE COMPRENDS !
50

ON A BESOIN DE 4 MANŒUVRES SUR UN CHANTIER !
HA, BIEN !
HA ZUT ! ON N'A PAS D'INTÉRIMAIRES DANS LE FICHIER POUR CETTE MISSION !
HA, ET JE LUI DIS QUOI, MOI, AU CLIENT ?
BEN, QU'ON N'A PAS D'INTÉRIMAIRES DANS LE FICHIER POUR CETTE MISSION !
VOUS DITES ?
HEU... ON N'A PAS D'INTÉRIMAIRES DANS...
CHUIS PAS SOURD !
LE CLIENT DOIT ÊTRE SATISFAIT ! DÉBROUILLEZ-VOUS !
MAIS...
DÉBROUILLEZ-VOUS ! ON PEUT QUAND MÊME PAS Y ALLER À LEUR PLACE !
BEN SI !

AH... UNE BONNE PETITE PROMENADE POUR OUBLIER LES INTERMINABLES FILES D'INTÉRIMAIRES...
MAIS ANNETTE... POURQUOI T'ES TOMBÉE DANS CE FOSSÉ PLEIN D'ORTIES ?!
AÏE !
POUR LE PLAISIR !
REMARQUE, ÇA FOUETTE LE SANG !
AÏE !
PIC
OH ?! TU T'ES FAIT PIQUER PAR UNE GUÊPE ?
WHAAAA
OH... IL NE RESTE PLUS RIEN DE CES MALHEUREUX CHARDONS !
VIVEMENT AU BUREAU !!!
!
PROFESSION ?
ALORS LE CANDIDAT INTÉRIMAIRE LUI RÉPOND : "ACUPUNCTEUR". ET DEPUIS, ELLE REFUSE DE SORTIR DE LÀ !
PLACARD À BALAIS
?
52

ASPIRINES
IL FAUT UN INTÉRIMAIRE POUR REMPLACER UNE SECRÉTAIRE QUI A ACCOUCHÉ !
BIEN !
ERIM
BONJOUR, JE SUIS L'INTÉRIMAIRE QUI REMPLACE LA SECRÉTAIRE QUI A ACCOUCHÉ !
BIEN !
L'INTÉRIMAIRE QUI REMPLACE LA SECRÉTAIRE QUI A ACCOUCHÉ S'EST CASSÉ LA JAMBE.
AH?!
BONJOUR, JE SUIS L'INTÉRIMAIRE QUI REMPLACE L'INTÉRIMAIRE QUI REMPLACE LA SECRÉTAIRE QUI A ACCOUCHÉ !
AH !
L'INTÉRIMAIRE QUI REMPLACE L'INTÉRIMAIRE QUI REMPLACE LA SECRÉTAIRE QUI A ACCOUCHÉ A CHOPÉ LA GRIPPE !
BON !
BONJOUR, JE SUIS L'INTÉRIMAIRE QUI REMPLACE L'INTÉRIMAIRE QUI REMPLACE L'INTÉRIMAIRE QUI REMPLACE LA SECRÉTAIRE QUI A ACCOUCHÉ !
BON !
L'INTÉRIMAIRE QUI REMPLACE L'INTÉRIMAIRE QUI REMPLACE L'INTÉRIMAIRE QUI REMPLACE LA SECRÉTAIRE QUI A ACCOUCHÉ A DES CALCULS À LA VÉSICULE !
JE VEUX UN INTÉRIMAIRE POUR ME REMPLACER MOI !!!
!
53

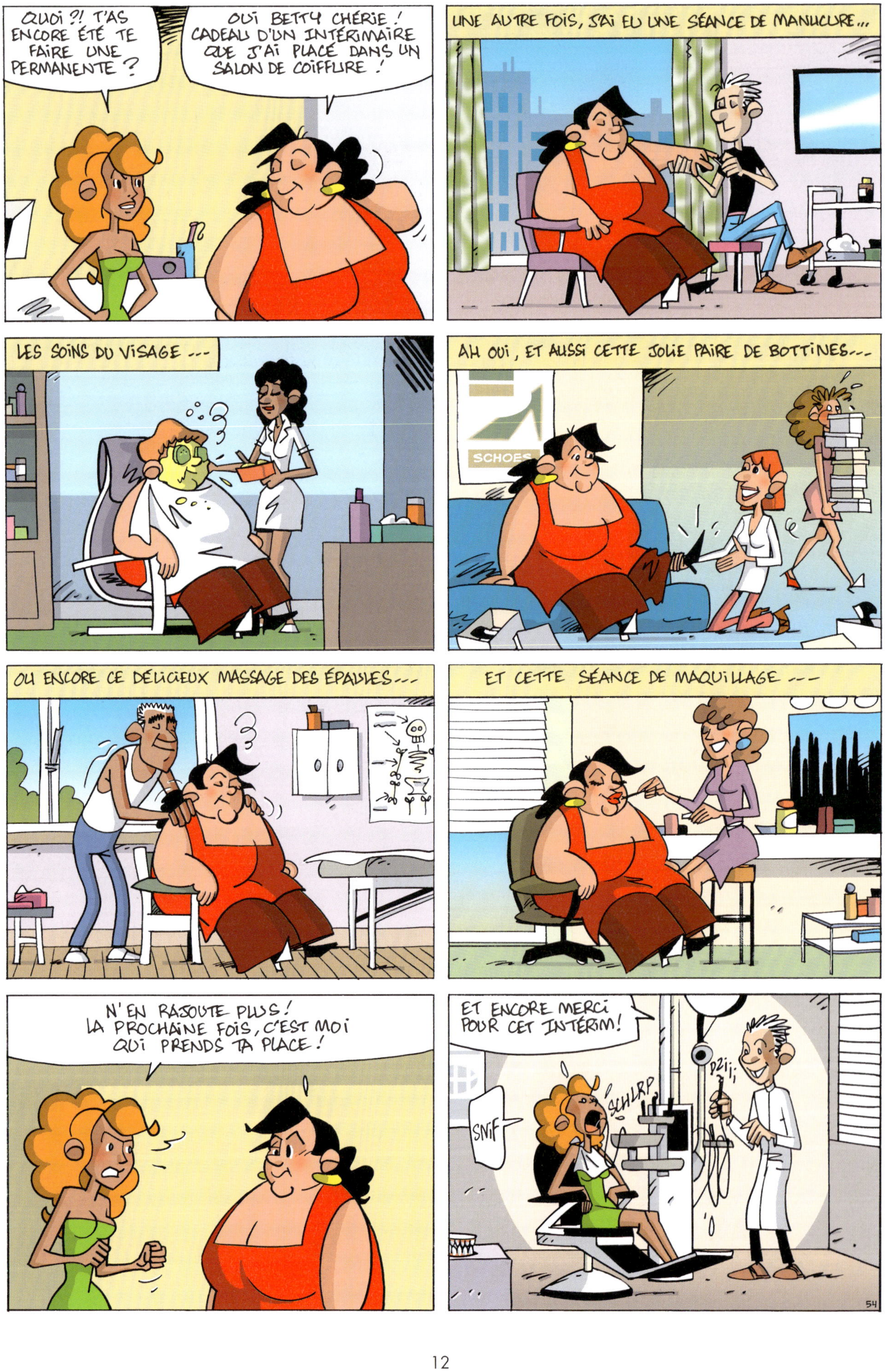
QUOI ?! T'AS ENCORE ÉTÉ TE FAIRE UNE PERMANENTE ?
OUI BETTY CHÉRIE ! CADEAU D'UN INTÉRIMAIRE QUE J'AI PLACÉ DANS UN SALON DE COIFFURE !
UNE AUTRE FOIS, J'AI EU UNE SÉANCE DE MANUCURE...
LES SOINS DU VISAGE ...
AH OUI, ET AUSSI CETTE JOLIE PAIRE DE BOTTINES...
SCHOES
OU ENCORE CE DÉLICIEUX MASSAGE DES ÉPAULES...
ET CETTE SÉANCE DE MAQUILLAGE ...
N'EN RAJOUTE PLUS ! LA PROCHAINE FOIS, C'EST MOI QUI PRENDS TA PLACE !
ET ENCORE MERCI POUR CET INTÉRIM !
SNIF
SCHLRP
DZIIII

QUOI ENCORE ? L'INTÉRIM DANS CETTE BOÎTE DE DÉMÉNAGEMENT N'ALLAIT PAS NON PLUS ?!?
MON DOS !
BON ! ON VA TENTER DE VOUS TROUVER UNE AUTRE MISSION.
MAIS VOUS AVOUEREZ ...
UNE SOCIÉTÉ DE NETTOYAGE CHERCHE...
CHUIS ALLERGIQUE AUX PRODUITS !
ALLONS BON... AH... ICI... AU RAYON FRAIS DU SUPERMARCHÉ...
JE M'ENRHUME POUR UN RIEN.
FACTEUR ?
CORS AUX PIEDS !
BON !
HA, Z'ONT FINI PAR TE TROUVER UN INTÉRIM !
OUAIS !
TESTEUR DE MÉDICAMENTS !

IMPRESSIONNANT !
ON A UN INTÉRIM DANS VOS CORDES !
NETS
FRITES
KOT
CAISSE
DIANA JONES
DIANA JONES
FRISSONS GARANTIS 2 Euros
56

SUIVANT !
MAIS ANNETTE ... IL N'Y A PLUS PERSONNE !
INTERIM
SUIVANT !
ALLEZ, VIENS !
SUIVANT !
INQUIÉTANT, EN EFFET !
SURMÉNAGE ! JE TE CONDUIS CHEZ UN PSY !
SUIVANT !
?
!
IL TROUVERA LES MOTS POUR TE CALMER !
SUIVANT !
?

DIPLÔME
J'AI ÉTÉ INFORMATICIEN...
PÊCHEUR EN HAUTE MER...
COW-BOY...
FLEURISTE...
RÉPARATEUR DE TÉLÉVISIONS...
COUIC
BOULANGER...
C'EST TRÈS BIEN TOUT ÇA, MAIS À PART ÇA...
QUE SAVEZ-VOUS FAIRE ?
INTERIM
?
58

INTERIM
BIEN... VOTRE CV !
HO ! VOTRE C.V. !
?
BIEN... ET QUE SOUHAITERIEZ-VOUS COMME INTÉRIM ?
TERIM
?
INTÉRIM !
?
VOUS DITES ?
ALORS COMME ÇA, ON AIME AVOIR QUELQUE CHOSE SUR LES OREILLES ?!
RATAKATA AKARATATARAAATAKA
CHANTIER INTERDIT AU PUBLIC
59

ANNETTE ET BETTY, PUIS-JE SAVOIR OÙ VOUS COMPTEZ ALLER COMME ÇA ?!?
INTERIM
BENHEUU... ON VA DÉJEUNER !
C'EST L'HEURE !
AVEC CETTE FILE D'INTÉRIMAIRES QUI ATTENDENT ?
MAIS MONSIEUR JACQUES...
N'AVEZ QU'À MANGER UN TRUC SUR LE POUCE, SUR UN COIN DE VOTRE BUREAU !
SNIF ?
DITES, VOUS, LE CANDIDAT INTÉRIMAIRE CUISTOT, L'ARMAGNAC, JE LE METS MAINTENANT ?
INTERIM
60

VOILÀ, UN INTERIM POUR VOUS CHEZ LES POMPIERS !
MAIS... HEU...
INTERIM
JE SUIS INFIRMIER, MOI... JE VEUX ALLER DANS UN HÔPITAL !
C'EST ÇA OU RIEN !
C'EST LA CRISE !
MAIS JE SUIS INFIRMIER, MOI !
WUHUWUWUL
PIN PON
JE SUIS INFIRMIER !
T'AVANCE OU QUOI ?!
MAIS JE SUIS INF... HEU...
HELP !
OÙ ?
LÀ !
VOUS SAVEZ, JE SUIS...
ATT...
CRAC
?
HEU... VOUS VOULIEZ ALLER DANS UN HÔPITAL, NON ?!

L'ABRUTI !
POM POM
AÏE
ÉCRABOUILLÉ PAR UN MAMMOUTH ?!
BON, ON VOUS ENVOIE UN GUERRIER INTÉRIMAIRE !
FLAMM.
UN CHEVALIER POURFENDEUR DE DRAGONS, ON A ÇA ?
ON A !
IL FAUT REMPLACER LE GOÛTEUR DE CÉSAR !
ENCORE ?!
POC POC
LE BOURREAU S'EST COUPÉ LE DOIGT !
OÙ AVAIT-IL ENCORE LA TÊTE ?
J'ENVOIE UN INTÉRIMAIRE ILLICO !
PROMO
ALORS FRANCHEMENT, VOUS PLAIGNEZ PAS ! VOUS SAVEZ, À L'HEURE ACTUELLE...
INTERIM
TOUS LES INTÉRIMAIRES REVIENNENT SAINS ET SAUFS DE LEURS MISSIONS !

BEN... VA DANS UNE AGENCE MATRIMONIALE, ALORS !
MOI LÀ-DEDANS ? TU PLAISANTES ANNETTE !
LOVE Agency
VOTRE PARCOURS... VOTRE PROFIL...
BIEN, ET QUE PEUT-ON VOUS DÉNICHER ?
VOYONS DANS LE FICHIER CE QU'IL Y A DE DISPONIBLE.
C'EST PAS AVEC CE GENRE DE QUESTIONS QU'ILS VONT ME TROUVER QUELQUE CHOSE !
VOTRE PARCOURS, VOTRE PROFIL ?!
... ET QUE PEUT-ON VOUS DÉNICHER ?
VOYONS DANS LE FICHIER CE QU'IL Y A DE DISPONIBLE !
INTERIM
63

COMMENT ÇA ? LE LIVREUR INTÉRIMAIRE QU'ON VOUS A ENVOYÉ NE CONVIENT PAS ?! ?
MAIS IL A TOUTES...
INTERIM
IL FUME ! ET JE NE VEUX PAS VOIR ÇA ICI !
BON ! JE VOUS ENVOIE QUELQU'UN D'AUTRE !
ÇA TOMBE BIEN, J'AI UNE MISSION POUR VOUS !
CHIC !
ET N'OUBLIEZ PAS !
JE SAIS : NON FUMEUR !
PARCE QUE MOI, JE TIENS À LA SANTÉ DE MES EMPLOYÉS !
ENFIN ! UN PATRON RESPONSABLE !

BOUCHER !
CONFISEUR !
MAITRE QUEUX !
POISSONNIER !
TRAITEUR !
PATISSIER !
?
ME SENS PAS BIEN... VAIS VOIR UN TOUBIB !
INDIGESTION !
65

327

HO-HO ! ON A LA TRUFFE CHAUDE !
!
VOUS LE SORTEZ BIEN RÉGULIÈREMENT ?
?
!
SAGE ! BIEN !
NIC-NAC ?
!
AH, SI VOUS PARTEZ EN VACANCES...
JE DOIS LE VACCINER CONTRE LA RAGE.
?
EST-ELLE PUCÉE ?
FAUDRA LE VERMIFUGER !
?
INTERIM
QUELLE EST LA PROFONDE ABRUTIE QUI A ENVOYÉ UN VÉTÉRINAIRE INTÉRIMAIRE REMPLACER UN MÉDECIN GÉNÉRALISTE ?
67

BON ANNIVERSAI
FAUT RIGOLEEER !
NON BETTY ! CE N'EST PLUS TENABLE ! MÉLANGER À CE POINT LES MISSIONS DE VOS INTÉRIMAIRES RELÈVE D'UNE DISTRACTION ANORMALE !
ANORMAL LUI-MÊME, HÉ !
CHUIS PAS DISTRAITE, MOI !
UN BIG HAM, UNE GRANDE FRITE, ET UN GRAND COCA, S'IL VOUS PLAîT !
MADEMOISELLE, C'EST UNE BIBLIOTHÈQUE, ICI !
68

J'espère que cette mission vous plaira !
OH oui !
Merci madame !
LE DERNIER !
OUF !
MAL AU CRÂNE !
Y A DE QUOI !
JOURNÉE PÉNIBLE !
PAS DEUX FOIS !
ÇA DÉCONCENTRE NON ?!?
OUI, C'ÉTAIT VRAIMENT UNE BÊTE IDÉE...
...DE PRENDRE DES INTÉRIMAIRES POUR LE DESSIN !
INTERIM

ON DEMANDE UN URGENTISTE D'URGENCE !
POUR LES URGENCES.
INTERIM
Z'AVEZ DEUX MINUTES POUR Y ÊTRE.
MAIS C'EST IMPOSSIBLE !
"DÉBROUILLEZ-VOUS !" QU'ELLE DIT !
ELLE EN A DE BONNES !
INTERIM
COMMENT VOULEZ-VOUS TRAVERSER LA VILLE EN DEUX MINUTES À CETTE HEURE ?
BANG
HIIII...
SAMU
ET CET INTÉRIMAIRE ?
ON N'ARRÊTE PAS, ICI !
RGENCY
2 MINUTES !
J'AI MIS 2 MINUTES !

TIRLIRI IRLIIR
MGMF...
ÇA VA ANNETTE? T'AS L'AIR CREVÉE !
RON
MH...
ANNETTE ?
ELLE FERAIT MIEUX DE DORMIR LA NUIT !
71

MARRE DES PETITS TROUS ?
HA... SI VOUS SAVIEZ...
INTERIM
AVANT, J'ÉTAIS POINÇONNEUR DANS LE MÉTRO...
METRO BOULOT DODO
CLIC
PUIS J'AI ÉTÉ REMPLACÉ PAR UNE MACHINE...
CLIC
...ALORS ON M'A ENGAGÉ À L'USINE DE CONFETTIS.
IL Y A ENCORE DE LA PLACE SUR CETTE FEUILLE POUR FAIRE DES P'TITS TROUS !
GASPILLEUR !
...PUIS DE GRUYÈRE...
PLUS PETITS LES TROUS !
VEUX PLUS FAIRE DES PETITS TROUS ! MARRE !
RASSUREZ-VOUS ! ON VOUS A TROUVÉ...
INTERIM
...DES GRANDS TROUS !
SNIF !
72

MON CHER, MOI JE N'ENGAGE QUE DES INTÉRIMAIRES !
... MÊME DANS MON JET ! L'HÔTESSE, LE PILOTE ...
... LE CO-PILOTE ! ET AU BUREAU : SECRÉTAIRES, INFOGRAPHISTES, JUSQU'AU PORTIER ET AU LAVEUR DE VITRES ... TOUS DES INTÉRIMAIRES !
C'EST PRATIQUE ! JE PAIE L'AGENCE QUI ME LES ENVOIE. PAS BESOIN DE COMPTABILITÉ COMPLIQUÉE... PAS DE PRIMES DE FIN D'ANNÉE, PAS DE GRÈVES, DE REVENDICATIONS SALARIALES ...
JE TOMBAIS TOUJOURS DE HAUT AVEC LES CAPRICES DE MON PERSONNEL, MAIS À PRÉSENT...
!
MAIS HEU... Z'ALLEZ OÙ ?
HOP !
!
NOTRE MISSION VIENT DE PRENDRE FIN !
73

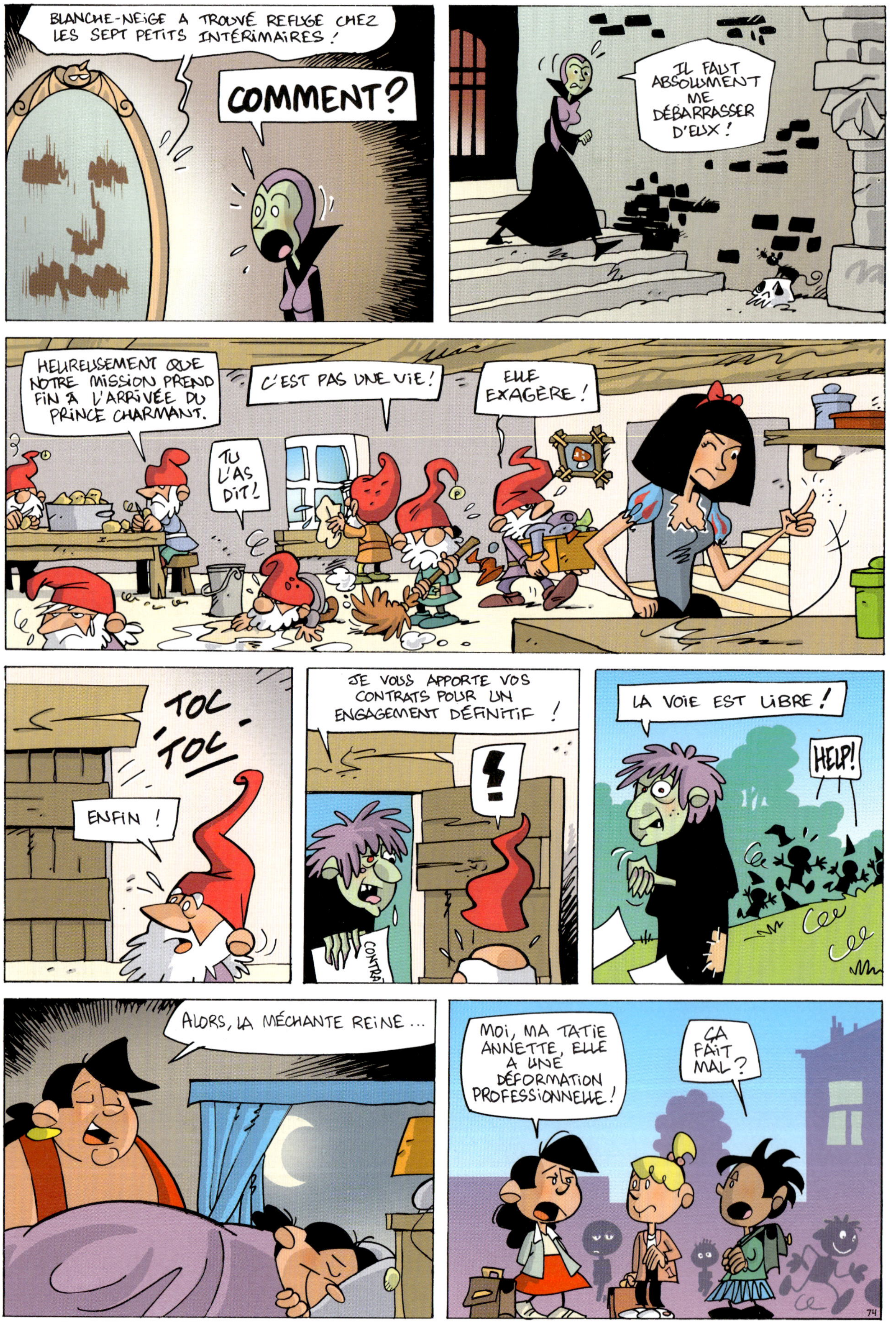
BLANCHE-NEIGE A TROUVÉ REFUGE CHEZ LES SEPT PETITS INTÉRIMAIRES !
COMMENT ?
IL FAUT ABSOLUMENT ME DÉBARRASSER D'EUX !
HEUREUSEMENT QUE NOTRE MISSION PREND FIN À L'ARRIVÉE DU PRINCE CHARMANT.
TU L'AS DIT !
C'EST PAS UNE VIE !
ELLE EXAGÈRE !
TOC TOC
ENFIN !
JE VOUS APPORTE VOS CONTRATS POUR UN ENGAGEMENT DÉFINITIF !
!
LA VOIE EST LIBRE !
HELP!
ALORS, LA MÉCHANTE REINE...
MOI, MA TATIE ANNETTE, ELLE A UNE DÉFORMATION PROFESSIONNELLE !
ÇA FAIT MAL ?

TRAVAIL D'INTÉRIMAIRE ? VOUS RIGOLEZ ?!?
?
AIDE A L'EMPLOI
WHAHÉHO... J'PRÉFÈRE ÊTRE CHÔMEDU QU'INTÉRIMAIRE !
J'AIME LA STABILITÉ !
RENTRERAI JAMAIS LÀ-DEDANS, MOI !
INTERI
AGENC
WHA... PAS ENVIE DE CHANGER DE CHAISE TOUS LES SIX MOIS !
QUOI, TOI, INTÉRIMAIRE ?! HA ! HA !
PAS UN MÉTIER ÇA !
INTÉRIMAIRE, MOI ?
PLUTOT CREVER !
AÏE
MAIS MON FILS, VOUS ÊTES TOUS INTÉRIMAIRES SUR CETTE TERRE.
75

MARRE DE CE BOULOT !
ON N'A PAS LE CHOIX !
JE RENDS MON TABLIER !
T'ES FOU !
PAR LES TEMPS QUI COURENT ?
JE VAIS ALLER DANS UNE AGENCE D'INTÉRIM. PARAÎT QU'ILS ENGAGENT TOUT LE TEMPS.
J'AI ABSOLUMENT BESOIN DE CHANGER D'AIR !
C'EST ICI !
INTERIM
AGENCY
ON A UNE MISSION POUR VOUS QUI VIENT DE SE LIBÉRER !
CHIC !
INTERIM
IL EST ARRIVÉ, LE PLONGEUR INTÉRIMAIRE ?
OUI, OUI ! IL EST LÀ !
76

UN INTÉRIM DANS UNE CRÈCHE
HA, BIEN !
OUI, J'AI ÉTÉ PLONGEUSE INTÉRIMAIRE DANS UN RESTO. POURQUOI ?
OÙ SONT LES SERVIETTES ?
JE DEVAIS NOURRIR LES POULES !
UN INTÉRIM À LA FERME.
COOKIES
BEN, JE LEUR AI JUSTE RACONTÉ UNE HISTOIRE. J'ÉTAIS SCRIPT-GIRL INTÉRIMAIRE À HORROR PRODUCTIONS, POUR "LE ZOMBIE PREND UN VER."
WHAAAAAA
OUI, J'AI ÉTÉ MILITAIRE INTÉRIMAIRE !
UN INTÉRIM AU CIRQUE, COMME DRESSEUSE DE FAUVES.
COMMENT L'AVEZ-VOUS DEVINÉ ?
VOUS VENEZ CHERCHER VOTRE ENFANT ? VOS PAPIERS !
ELLE A FAIT UN INTÉRIM À LA POLICE !
COMMENT ÇA TROP D'EXPÉRIENCE ?
INTERIM
77

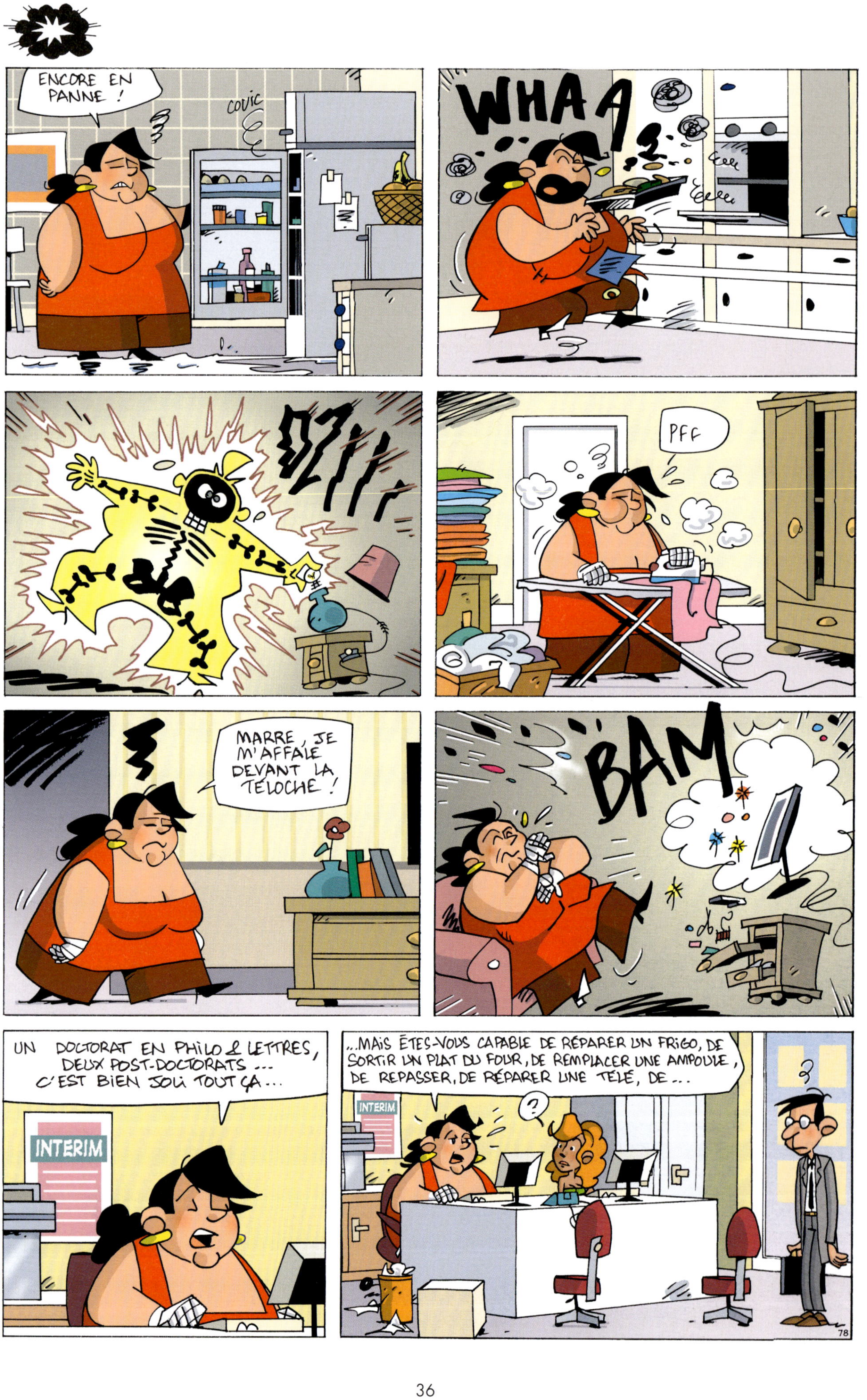
ENCORE EN PANNE !
COUIC
WHAA
BZZ
PFF
MARRE, JE M'AFFALE DEVANT LA TÉLOCHE !
BAM
UN DOCTORAT EN PHILO & LETTRES, DEUX POST-DOCTORATS ... C'EST BIEN JOLI TOUT ÇA...
INTERIM
...MAIS ÊTES-VOUS CAPABLE DE RÉPARER UN FRIGO, DE SORTIR UN PLAT DU FOUR, DE REMPLACER UNE AMPOULE, DE REPASSER, DE RÉPARER UNE TÉLÉ, DE...
INTERIM
?
?
78

BING
MUT
BIP
BIP
TÜLÜT
ALBERT, TU T'EMPÂTES, TU GROSSIS, TU T'ENCROÛTES, TU...
...JE JOUE!
CHUT!
À TON ÂGE, IL SERAIT TEMPS DE TE SECOUER. AU PROPRE COMME AU FIGURÉ!
REMUE-TOI!
TU VAS ME FAIRE LE PLAISIR D'ALLER TE TROUVER UN JOB! VA À L'AGENCE D'INTÉRIM!
BHEU
MONTREZ-MOI VOTRE PROFIL!
BIEN. ON A QUELQUE CHOSE POUR VOUS.
HA, DÉJÀ LÀ! ILS T'ONT TROUVÉ UN INTÉRIM?
OUI!
TESTEUR DE JEUX VIDÉO!
BIP!

Bunny Park
MARRE! JE ME CASSE !
COMMENT VOULEZ-VOUS QU'ON ME PRENNE AU SÉRIEUX ! TROUVEZ-MOI UN AUTRE INTÉRIM !
MPFHi...
GHiHi...
JE VEUX UN JOB PLUS VIRIL ! QUELQUE CHOSE DE PLUS...
JE VOIS.
HMPF...
ENFIN, ICI, ON VA ME PRENDRE AU SÉRIEUX !
VOTRE CASQUE !
?
AÏE ! LÀ, C'EST DU SÉRIEUX !

?!?

INTERIM
ON A UN INTÉRIM POUR VOUS.
CHOUETTE !
CE DOIT ÊTRE ICI !
VOUS AVEZ BIEN COMPRIS CE QU'IL FAUT FAIRE ?
OUI MADAME. MERCI !
LA MACHINE À CAFÉ ? JUSTE LÀ !
HA !
VOILÀ UNE JOURNÉE DE FAITE. JE ME DEMANDE OÙ L'AGENCE M'ENVERRA DEMAIN.
INTERIM
ON A UN INTÉRIM POUR VOUS.
CHOUETTE !
IL REVIENT TOUS LES JOURS ET TOUS LES JOURS VOUS LUI REDONNEZ LA MÊME MISSION ?!?
C'EST UN AMNÉSIQUE !
?
ERIM
LA MACHINE À CAFÉ ? JUSTE LÀ !
HA !
81

INTERIM
MAIS VOUS N'ÊTES JAMAIS CONTENT, VOUS !
Y A DE QUOI !
J'AI CHOISI L'INTÉRIM PARCE QUE J'AI HORREUR DE LA ROUTINE ...
... ET VOUS ME COLLEZ CHAQUE FOIS LE MÊME GENRE DE MISSION !
CHAUFFEUR DE BUS SCOLAIRES ...
FFEUR ! APPUYEZ SUR LE
CHAUFFEUR DE POIDS LOURDS ...
CHAUFFEUR DE TAXI ...
TAXI
... CHAUFFEUR DE MÉTRO, DE COLONEL, ET J'EN PASSE !
OUI, MAIS VOUS ÊTES CHAUFFEUR, NON ?!?
M'EN FICHE ! TROUVEZ-MOI AUTRE CHOSE !
CHAUFFEUR DE SALLE !
Variety Show
APPLAUSE
SORTIE DE SECO

FISC

C'ÉTAIT UN BEAU MATIN...
!
SURPRISE !
?
FISC
RHAA...
VOUS ME FLINGUEZ ! COMMENT VOULEZ-VOUS QUE JE PAIE TOUT ÇA ?
EN TRAVAILLANT, COMME TOUT LE MONDE. RENTIER, C'EST BIEN JOLI, MAIS FAUT ACQUITTER SES DETTES À LA SOCIÉTÉ !
ET JE NE SUIS PAS PAYÉ POUR FAIRE DES EXCEPTIONS !
LÀ PEUT-ÊTRE...
INTERIM
AGENCY
OUI, ON A UN INTÉRIM POUR VOUS !
INTERIM
ET JE COMMENCE QUAND ?
SURPRISE !
ET JE NE SUIS PAS PAYÉ POUR FAIRE DES EXCEPTIONS !
!
FISC

CONTRAT
NOUS AVONS DES MISSIONS POUR TOUTES LES PROFESSIONS !
ON PEUT VOUS DÉGOTER UN INTÉRIM DANS LA RESTAURATION PAR EXEMPLE !
...ET QUE VOUS SOYEZ CHAUFFEUR DE POIDS LOURDS...
BXL 317
...OU ENCORE DE POIDS LOURDS...
BAMBOO
OU VÉTÉRINAIRE...
OU ENCORE INFORMATICIEN, ON A TOUT EN MAGASIN ! *
* EN PLUS, ÇA RIME !
ALORS CHER MONSIEUR, DITES-NOUS !
VOTRE PROFESSION !
INTERIM
!
?
INTÉRIMAIRE !
84

QUE SAVEZ-VOUS FAIRE ?
J'AI UN DON AVEC LES ANIMAUX !
INTERIM
EN FORÊT, ILS NE ME CRAIGNENT PAS...
SUR UN BANC PUBLIC, LES MOINEAUX VIREVOLTENT JOYEUSEMENT AUTOUR DE MOI !
?
TOUS LES CHATS DU QUARTIER S'INSTALLENT INSTINCTIVEMENT CHEZ MOI.
RON
LES CHIENS SONT MES AMIS.
VOUS L'AUREZ COMPRIS, UN INTÉRIM OÙ JE POURRAIS M'OCCUPER DE NOS AMIS LES ANIMAUX FERAIT MON BONHEUR !
INTERIM
ABATTOIR SULPICE
BEN ET ALORS ?!?
85

MERCI !
ET QUOI ?!? T'AS JAMAIS TRAVAILLÉ QUE COMME INTÉRIMAIRE ?
TOUJOURS !
ÊTRE COINCÉE POUR DES ANNÉES, TRÈS PEU POUR MOI !
LA LIBERTÉ TOTALE, L'ABSENCE DE ROUTINE PAR DES JOBS VARIÉS...
NON, VRAIMENT... JE SAIS CE QUI EST BON POUR MOI !
SALUT !
À DEMAIN POUR LE GRAND JOUR !
...ET ELLE A DÉTALÉ COMME UN LAPIN QUAND J'AI DIT : "JUSQU'À CE QUE LA MORT VOUS SÉPARE" !

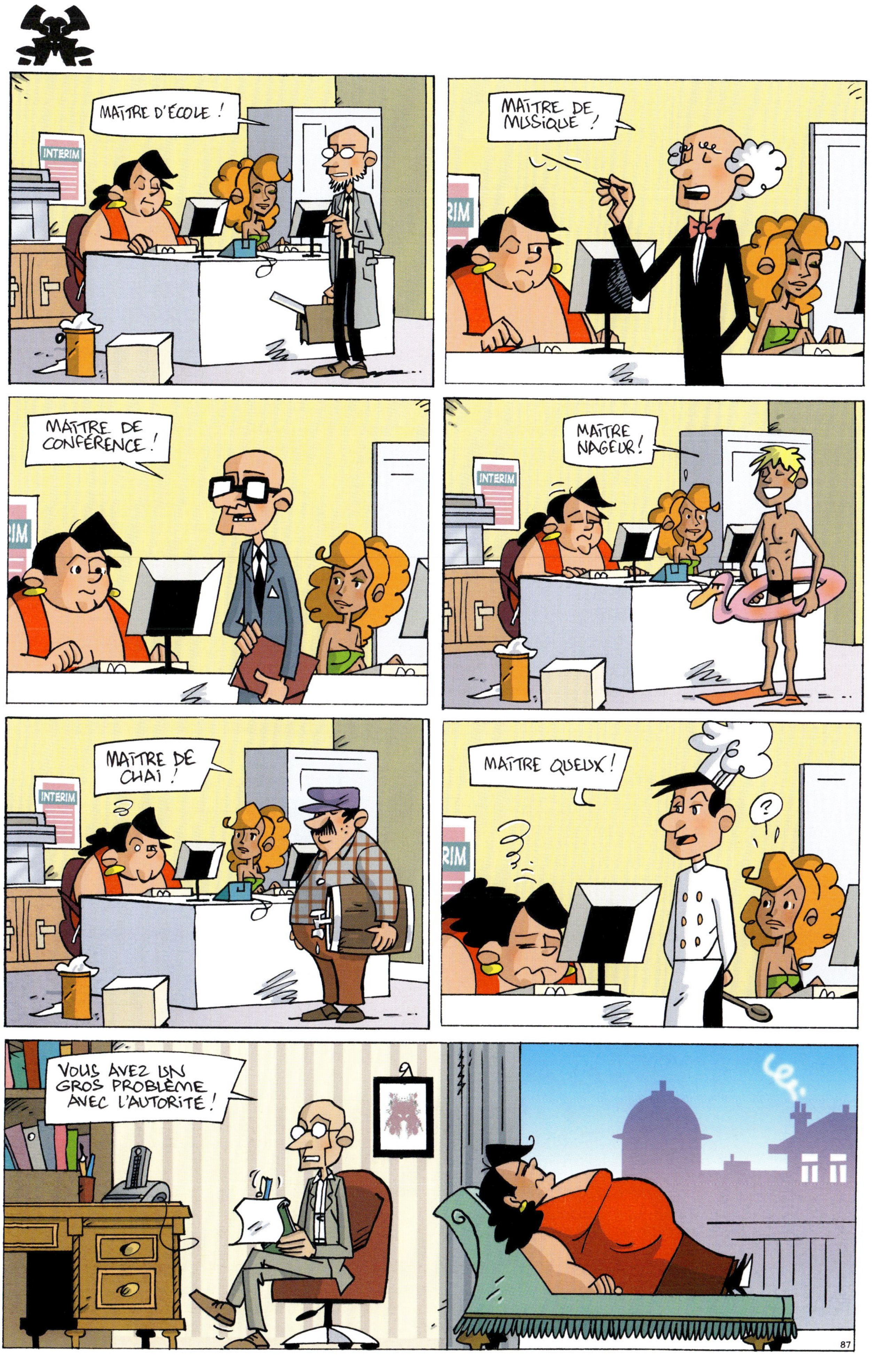
MAîTRE D'ÉCOLE !
MAîTRE DE MUSIQUE !
MAîTRE DE CONFÉRENCE !
MAîTRE NAGEUR !
MAîTRE DE CHAI !
MAîTRE QUEUX !
VOUS AVEZ UN GROS PROBLÈME AVEC L'AUTORITÉ !
87

MALADE !
RENTREZ CHEZ VOUS BRILLECOP !
BHEU ...
MOI, MÊME MALADE, JE BOSSE !
ET QUI VA PAYER LES SALAIRES ?
ENGAGEZ UN COMPTABLE INTÉRIMAIRE LE TEMPS QUE CELUI-CI SE RÉTABLISSE !
VOUS ÊTES COMPTABLE ?
INTERIM
VOUI !
VOUS VOUS PLAISEZ ICI ?
OUI, DÉJÀ UNE SEMAINE ! ÇA PASSE VITE !
IL REVIENT QUAND, DÉJÀ L'AUTRE ?
ALLÔ ?... BONSIEUR JACQUES ?...
A... TCHAA
CHAIS PAS QUI EST VEDU OUVRIR TOUT GRAND MES FEDÊTRES PENDANT QUE JE DORBAIS... BAIS...
88

À découvrir aux éditions BAMBOO

11 tomes + 1 n° spécial

Les Profs
Scénario : Erroc
Dessins : Pica

11 tomes + 1 bêtisier

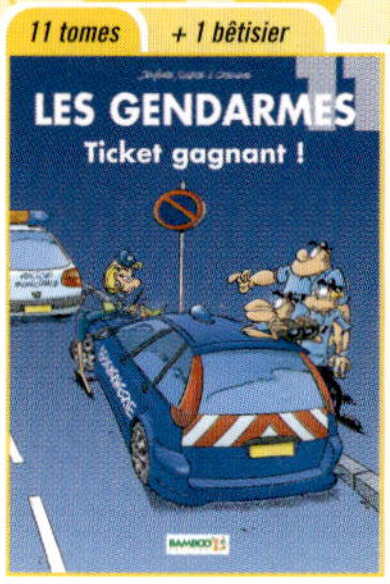

Les Gendarmes
Scénario : Sulpice & Cazenove
Dessins : Jenfèvre

8 tomes

Les Pompiers
Scénario : Cazenove
Dessins : Stédo

9 tomes

Les Fonctionnaires
Scénario : Béka
Dessins : Bloz

7 tomes

Les Toubibs
Scénario : Bélom & Gégé
Dessins : Sirvent

6 tomes

Les Commerciaux
Scénario : Plumeri & Boitelle
Dessins : Bloz

3 tomes

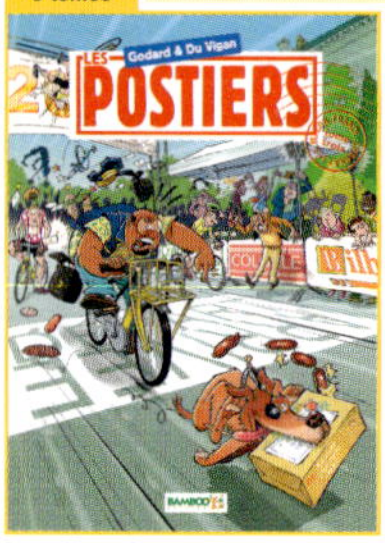

Les Postiers
Scénario : Godard
Dessins : Du Vigan

3 tomes

Les Informaticiens
Scénario : Reynès & Brémaud
Dessins : Krings

4 tomes

Les Musicos
Dessins & Scénario :
Janvier & Co

7 tomes

L'Auto-école
Scénario : Cazenove
Dessins : Amouriq

1 tome

Livraison express
Scénario : Janssens
Dessins : Krings

1 tome

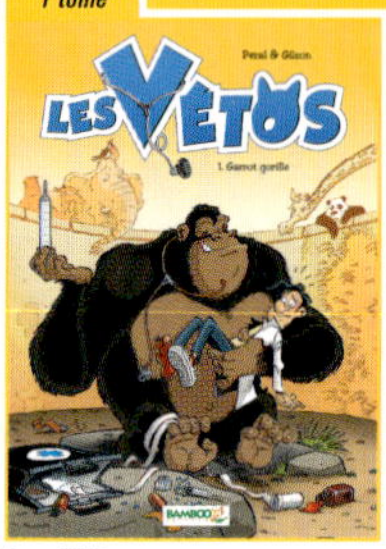

Les Vétos
Scénario : Gilson
Dessins : Peral

6 tomes

Basket Dunk
Scénario : Cazenove & Plumeri
Dessins : Mauricet TOME 6 JUIN 09

7 tomes

Les Footmaniacs
Scénario : Béka TOME 7
Dessins : Saive MAI 09

5 tomes

Les Vélomaniacs
Scénario : Garréra TOME 5
Dessins : Julié JUIN 09

7 tomes

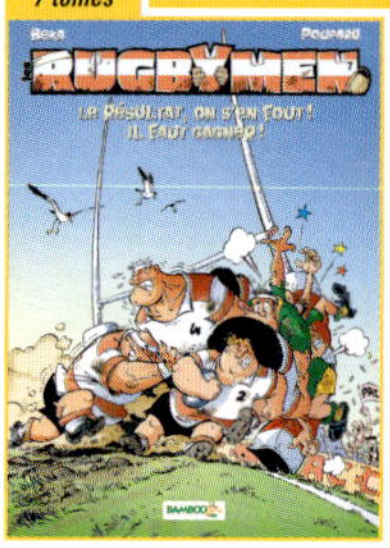

Les Rugbymen
Scénario : Béka
Dessins : Poupard

4 tomes

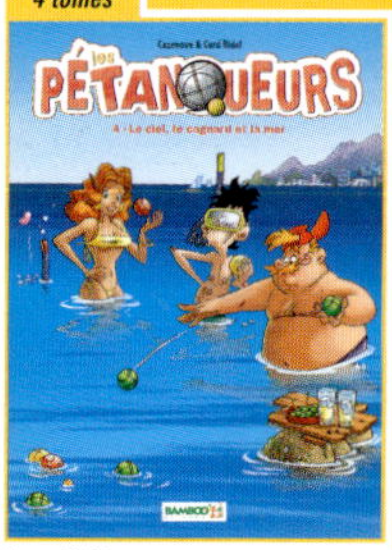

Les Pétanqueurs
Scénario : Cazenove
Dessins : Curd Ridel

2 tomes

Dôjô - Le Temple des arts martiaux
Scénario : Amouriq
Dessins : Amouriq

1 tome

Les Zathlètes
Scénario : Giga & Diagana
Dessins : Bloz

2 tomes

Les Golfeurs
Scénario : Filmore TOME 2
Dessins : Sapin JUIL 09

1 tome

Si j'étais grande… je serais maman
Scénario et dessins : Curd Ridel

3 tomes

Studio danse
Scénario : Béka
Dessins : Crip

3 tomes

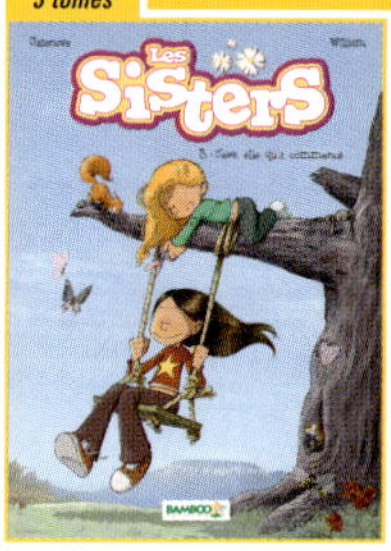

Les Sisters
Scénario : Cazenove TOME 3
Dessins : William MAI 09

4 tomes

Triple galop
Scénario : du Peloux
Dessins : du Peloux

1 tome

Les Citadines
Scénario : Blondieau TOME 1
Dessins : Rollin JUIN 09

3 tomes

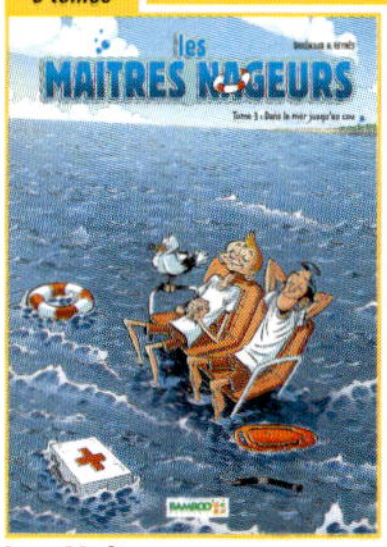

Les Maîtres nageurs
Scénario : Brémaud & Reynès
Dessins : Reynès

4 tomes

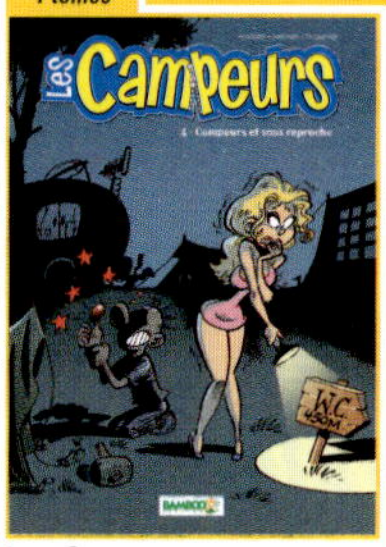

Les Campeurs
Scénario : Swinnen & Dugomier
Dessins : Maltaite TOME 4 JUIN 09

1 tome

Les Fondus de moto
Scénario : Richez & Cazenove
Dessins : Bloz TOME 1 MAI 09

2 tomes

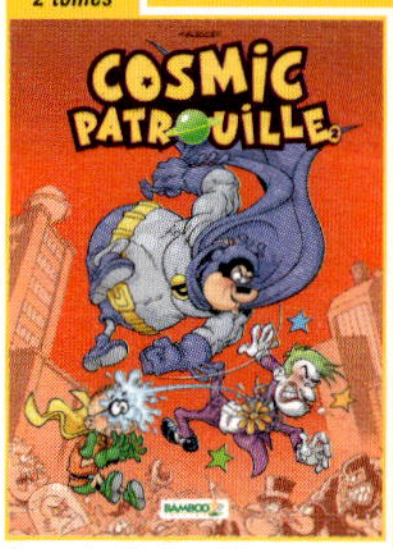

Cosmic Patrouille
Scénario : Mauricet
Dessins : Mauricet

1 tome

Toutou & cie
Scénario : Brémaud & Reynès
Dessins : Soffritti